KB126967

글벗시선198 김명희 첫 번째 시집

갈음옷을 입고

김명희 지음

도서출판 글벗

다시 보고싶은 아버님...

이 책을 아버지의 영전에 드립니다.

글을 쓰는 것과 말을 하는 것은 닮은 듯 다르다. 말을 할 때는 말 그릇에 마음이 얼마만큼 담기는지가 중요하고 그 마음이 얼마나 진실한지도 알 수 있어야 한다. 꼭 필요한 말을 정확하게 말할 때 엄청난 힘을 발휘하기도 한다.

글을 쓰는 것의 진정한 의미도 흩어진 내 영혼을 불러 모아 또 다른 나를 만나는 시간이며 조금은 모자란 나에게 위로를 보내주고 덜 자란 나에게 양분을 주어 진정한 어른이 되게 해 주는 작업이기도 하다.

"사람이 길이다."라는 말을 좋아한다. 가훈인 적선지가 필유여경(積善之家 必有餘慶)이라는 말을 좋아한다. 어린 시절 밤이면 툇마루에서 할머니 옛날이야기로 잠이 들곤 했었다. 별과 달을 좋아하고 밤하늘 올려다보는 것을 좋아한다. 밤하늘에 빛나는 무수한 별을 보면서 나의 별은 어디 있느냐고 물었을 때 "우리 희야 마음속에 있지. 사람들 마음속에는 빛나는 별이 함께 살고 있단다. 언젠가는 너도 그 별을 찾을 수 있을 거야. 네 옆구리에 별 도장이 찍혀 있잖아." 하시던 엄마의 말이 지금도 가끔 생각나서 엄마가 별 도장이라고 주장하는 희미해진 흔적을 볼 때가 있다.

아버지의 삶을 보면서 진정한 어른에 대해 생각

해 본다. 늘 곁에서 든든한 버팀목이 되어 주시던 세상에서 가장 강하다고 생각했던 나의 아버지. 계절이 바뀌고 새싹이 나기까지 춥고 긴 겨울을 이겨내야 하는 새싹처럼 자식이라는 꽃을 피우기 위해 묵묵히 수고로움을 견뎌내신 아버지의 죽음은 나에게 많은 생각을 하게 한다. 이번 첫 시집에는 부모님에 관한 글이 여러 편이 된다. 아버지의 병상을 지키면서 하루라도 더 볼 수 있고 곁에 있어 주기를 바라는 마음을 담아 보았다.

첫 시집을 낸다는 것은 엄청난 모험이다. 그러나 용기를 내서 도전해 본다. 세상에 여러 갈래의 길이 있지만 내가 가지 않는 길은 나의 길이 아니다. 스스로 길을 선택하고 그 길을 갈 때만이 나의 길이 되는 것이다. 용기는 저절로 생기는 것이 아니고 실패를 두려워하지 않고 도전 해 볼 때 생기는 것처럼 오늘 나의 이 길이 나에게는 새로운 길이다.
늘 곁에서 응원해 주는 가족들과 지인들에게 이 책이 조금이나마 위로가 되고 새로운 희망이 되기를 바라며 책을 읽는 동안은 따뜻한 마음과 미소가 함께하기를 빌어 본다.

유월의 첫날 김명희

차 례

■ 시인의 말 · 3

제1부 행복의 크기

1. 아빠의 무등 · 13
2. 행복의 크기 · 14
3. 홍송紅松 · 15
4. 나침반 · 16
5. 봄 마중 · 17
6. 당신이 없는 새해 · 18
7. 호주 매화 · 19
8. 옛말 그른 거 하나 없다 · 20
9. 빈집 · 22
10. 겨울 들판 · 23
11. 조금 더 사랑했습니다 · 24
12. 돌아올 수 없는 길 · 25
13. 군고구마 · 26
14. 부모와 자식 · 27
15. 죽음의 문턱 · 28
16. 어릴 적 내가 그랬던 것처럼 · 29
17. 소통 · 30
18. 똘똘이 · 31
19. 아버지의 인생 시계 · 32
20. 벗 · 34

제2부 눈 오는 아침

1. 내게 · 37

2. 슬픈 일 · 38

3. 별똥별 · 39

4. 한파주의보 1 · 40

5. 목구멍 · 41

6. 엄마는 다리가 셋 · 42

7. 오늘, 행복하자 · 43

8. 식혜 한 병 · 44

9. 밝은 미소 · 45

10. 우리 결혼합니다 · 46

11. 눈 오는 아침 · 48

12. 새벽 비 · 49

13. 건강이 말함 · 50

14. 나에게 너는 · 51

15. 혼자만의 시간 · 52

16. 한파주의보 2 · 53

17. 나는 반성한다 - 부모님 전상서 · 54

18. 버려진 화분 · 56

19. 병실 풍경 · 57

20. 강화도 부부 · 58

제3부 사랑해서 미안해

1. 사랑해서 미안해 · 61
2. 퇴원 전날 · 62
3. 입원실 · 63
4. 병원 생활 · 64
5. 너를 사랑하는 일 · 65
6. 안부 1 · 66
7. 안부 2 · 67
8. 장거리 운전 · 68
9. 짝 · 70
10. 마법 같은 하루 · 71
11. 코로나 격리 · 72
12. 간이침대 · 73
13. 어버이 · 74
14. 여주휴게소에서 · 75
15. 죽음이 가까이 올 때 · 76
16. 배려하는 마음 · 77
17. 수혈 1 · 78
18. 수혈 2 – 다시, 살다 · 79
19. 그리움 – 아버지 · 80
20. 시샘달 · 81

제4부 존재의 이유

1. 자화상 · 85

2. 이치 · 86

3. 노부부 · 88

4. 죽음을 기다리는 사람 · 89

5. 어머니와 감나무 · 90

6. 어른이 되면 · 91

7. 괘종시계 · 92

8. 단풍 · 93

9. 옆지기 · 94

10. 목화 이불 · 95

11. 사랑해요 · 96

12. 서로 인정해주자 · 97

13. 달팽이 · 98

14. 알밤 떨어지다 · 99

15. 마음에 · 100

16. 존재의 이유 · 101

17. 우유가 주는 행복 · 102

18. 너란 존재 · 103

19. 기원 · 104

20. 무명(無明) · 105

제5부 이 아침을 그대에게

1. 엄마의 파스 · 109

2. 깡통 · 110

3. 아쉬움 · 111

4. 그래, 그래보자 · 112

5. 가을을 느낄 때 · 113

6. 가을 편지 · 114

7. 엄마와 한글 · 115

8. 그 집 · 116

9. 가을 태풍 · 117

10. 접시 · 118

11. 눈썹달 · 119

12. 세 살 아이를 닮자 · 120

13. 인생 무죄 · 122

14. 가을 아침 · 123

15. 처서 · 124

16. 이 아침을 그대에게 · 125

17. 한 생각 들었다 나가다 · 126

18. 해바라기 · 127

19. 불나방 · 128

20. 추석맞이 · 130

■ 서평

마음을 일깨우는 순수의 눈으로 보다 · 131

제1부

행복의 크기

아빠의 무등

세상이 내려다보이는
아빠의 무등
구름도 잡을 수 있고
바람과도 이야기하지

아빠의 무등을 타면
꼬부랑 산길과
높은 하늘이
모두 내게로 다가오지

이 세상에서
가장 높고 편한 곳
아빠의 무등에는
온갖 세상 이야기
가득 들어 있지

행복의 크기

이제나 임 오실까
저제나 임 오실까

서산에 해 넘어가고
휘영청 둥그런 달

가슴은
애가 탑니다
오지 않네 그 소식

홍송紅松

해풍에 굽었는지
향풍에 휘었는지

머리는 꼿꼿하게
다리는 깊이깊이

지나온 무상세월
그 누가 알아주나

살아서 천년세월
죽어서 장작 되니

덧없는 부귀영화
하룻밤 꿈이런가

나침반

당신의 죽음 앞에
나의 나침반은
가는 길을 잃었다

처음 가보는
어두운 길
나침반 없이
걸어간다

기억을 더듬어
스스로
나침반을 만든다

따뜻함을 잊지 않고
친절함을 기억하며

당신이 더욱
그리워지는 밤

봄 마중

사부작사부작
하루 한 발씩
솔밭길 걸어오는 봄

갈음옷 입고
하루 한 뼘씩
사립문 열게 하는 봄

당신이 없는 새해

새해 새날
떡국 한 그릇 먹는다

동그랗고 하얀
떡국 위로
그리움이 번진다

가장의 부재는
공기가 사라진 고통

앙상한 가지에
새싹이 돋아나듯

당신도
봄처럼
돌아오면 좋겠다

호주 매화

배고프다
보채지 않고

목마르다
소리 없더니

겹겹이 열어 준
다섯 꽃잎

누가 먼저
할 것 없이

숨 막히는 외침으로
나를 홀리는 너

옛말 그른 거 하나 없다

이 좋은 때 많이 머ㄲ
다리 성할 때 놀러 다니고
눈 밝을 때 많이 봐라

늙으면 다 소용없다는
어머니 말씀

천년만년 살 줄 알고
아끼고만 살았더니

인생이 부질없어
죽을 날이 가깝구나

늙기 전에 하고 싶은 일
미루지 말고 다 해봅시다

새우잠을 자더라도
고래 꿈을 꾸라는데

꿈은 꾸었으나
몸이 말을 듣지 않네

부귀영화 금수저도
하루 젊음과 바꿀 수 없고

목숨을 다 주어도
청춘은 다시 오지 않네

빈집

아버지 떠나보내는 길
말 못 하는 화초들도

마르고
얼고
죽고

몇 년을 함께
눈 맞추며 지냈는데

잠깐
혼자 둔 것뿐인데

온기 없는 집
아버지 빈자리는
화초도 싫은가보다

겨울 들판

빈 들녘에 남아 있는
벼 그루터기를 보았습니다

수확의 기쁨보다
한숨 소리가 더 커진

텅 빈 겨울 들녘에
노을이 지면

거두어들인 기쁨보다
무언가 잃어버린 허전함이
맘을 차고 들어옵니다

이건 아닌데
이래선 안 되는데

허수아비의 한숨이
빈 하늘에
울림 없는 메아리로 돌아옵니다

아이는 빈 들판이
마냥 신나서 뛰어노는데

자꾸만
자꾸만 눈물이 납니다

조금 더 사랑했습니다

잔디 대신
눈 이불을
덮은
아버지 산소

사람들 앞에서
자주 하셨던 말

제가
다른 아버지들보다
자식을
조금 더 사랑했습니다

아버지 무덤 앞에
숨겼던 고백을 한다

제가
다른 자식들보다
아버지를
소금 더 사랑했습니다

돌아올 수 없는 길

처음 여행 간 곳이
너무 좋아서인지
누구나 한 번 가면
다시 돌아오지 않는 길

얼마나 좋으면
얼마나 재미있는 곳이면
기다리는 사람 곁으로
돌아올 줄 모르네

두 손 맞잡고
나란히 갈 수 없는
혼자만의 길
가고 싶지 않아도
원하지 않아도 가야 할 길
죽음으로 가는 길

군고구마

어릭 적 칩구의 가실
군고구마

할아버지가
아버지가
여물 끓인 장작불에
사랑으로 구워주신
새까만 고구마

세월이 흘러
그 옛날
그 맛은 아니지만

숯 검댕이 묻혀가며
향수에 젖어본다

부모와 자식

자식을 낳아 기를 때
부모는 살점도
내어줄 수 있었다

자식이 아프면
부모는 더 아프고
자식이 기쁘면
부모는 춤을 춘다

그러나
자식에게 부모는
때로는 귀찮고
부양의 부담이 클 때도 있다

부모가 아파도
자식은 제 일이 먼저다
부모가 죽음의 길을 갈 때
그때서야 뒤늦은 후회를 한다

죽음의 문턱

한 모금의 미음이
죽음의 문턱에서
오아시스일까
지옥보다 더 큰 고통일까

엄마 젖 찾듯이
미음을 먹어보지만
산 넘어 산
목구멍이 바늘구멍

오죽 아프면 죽겠냐마는
한 번 내쉬고
들이키는 숨소리에
지켜보는 애간장이 녹는다

어릴 적 내가 그랬던 것처럼

밤새
아버지 손을 잡고 잔다

자꾸만 차가워지는 손발에
따뜻한 온기를 드리니
세상 편한 얼굴로 주무신다

혼자서
앉지도 못하는 아버지
두 손만은 놓지 않는다

부모를 잃을까 봐
손 꼭 잡고 놓지 못했던
어릴 적 나와 같다

소통

수도 동파 예방을 위한
가장 확실한 방법은
물을 조금씩 틀어 놓는 것

수돗물이 흐르도록
수도꼭지를 조금 열어두는 것

가장 단순하고 쉬운 방법
물이 흐르게 하면 된다

사람과 사람 사이
서로가 서로를
가장 잘 아는 방법

상대방의 입장이 되어
조금씩 배려하고
대화하며
수도꼭지처럼
마을을 활짝 열어둘 것

똘똘이

자동차 면허증이 없는
엄마에게
자가용이 있다

좁은 골목길
높은 언덕길

콩도 싣고
참깨도 싣고

의자가 되어 주기도 하는
엄마의 흑기사

어디든지 함께 다니는
엄마의 자가용
우리 똘똘이

* 똘똘이 :엄마가 끌고 다니는 보행기 이름

아버지의 인생 시계

아버지의 시간이
얼마 남지 않았다

발걸음은 양말 열 개를 신고
바닥에 서 있는 것 같고

목은 뭔가 꽉 차 있어서
물 한 모금 넘기기가 힘들고

입 안은
떫은 감 먹었을 때처럼
막이 꽉 차 있고

모든 음식이
소태 씹는 것처럼 쓰다는
아버지

하얀 쌀을
곰탕처럼 고와

한 모금 한 모금
힘겹게 마신다

엄마 젖 빨듯이
미음을 마신다

자연으로 돌아갈
준비를 한다

벗

창밖의 눈썹달은
찻잔에 정 띄우고

문설주 기대어서
꼰지발 세우는데

그립다
한마디의 말
천 리 밖을 맴도네

제2부

눈 오는 아침

새해

새해
새날은
눈도
새 눈이다

새해
새날은
해도
새해이다

새해
새날은
새록새록
생각도 새롭다

슬픈 일

죽음이 곁에 있는
아버지를 보는 것은
결코
쉬운 일이 아니다

가만히 생각해 본다

내가 받은 사랑은
하늘만큼 땅만큼
크고 넓고

아버지 사랑은
갚을 길 없지만

나는 과연
아버지 대신 죽을 수 있을까

별똥별

캄캄한 밤하늘
별똥별 하나
너에게로 간다

내 마음을 담아
너에게로 간다

한파주의보 !

겨울이
너를 부른다

창문을 두드리다
입김 사연 남기고

마지막 나뭇잎을
떨어지게 하고

마음 한구석을
꽁꽁 싸매게 한다

목구멍

목구멍 크기는
자유자재

커다란 사과도
꿀꺽

고봉밥도
꿀꺽

그러나
그러나

물 한 모금도
못 넘길 때

이제 가야 할 때가
되었다는
하늘의 신호

엄마는 다리가 셋

딱
딱
아이고 허리야

눈 감고도 알 수 있는
엄마 지팡이 소리

세 다리로
살아가는 날들

서울에 사는
딸이 오는 날

다리보다
마음이 먼저 간다

오늘, 행복하자

행복은
그냥 오는 것이 아닙니다
행복도
연습이 필요합니다

미루지 말고
오늘
행복을 곁에 두세요
행복도
습관입니다

식혜 한 병

구수의 부이이
구순의 남편에게
식혜를 만들어 준다

시골 살림살이
식혜는 최고의 별미

도시에서야
마트에만 가면
없는 게 없지만

시장 한번 가려면
삼십 리를 가야 하는
노인들에게는
밥 외에
다른 식자재는 녹록지 않다

수십 년을 먹어도
질리지 않고
자꾸 생각나는
식혜의 맛 같은
노부부의 정

밝은 미소

내 안에
가장 위대한 힘

오늘도
밝은 미소를 꺼낸다

아침 출근길
커피 한 잔처럼
어디든지 함께 다닌다

내 곁에서
위로가 되어 주는 밝은 미소

당신이 우울할 때는
잠깐
빌려 드리겠습니다

우리 결혼합니다

조심조심
그린나래 걸음

콩닥콩닥
딸깍발이 심장

오늘은
결혼식 날

행복한 가정에도
시련과 고통은 찾아오지만

대나무가 큰 시련을 이겨내고
큰 나무가 되듯이

오늘의 초심을
잊지 말고

남편은 가정을 지키는
책임감으로

아내는 남편을 이끌어주는

지혜를 갖기를 바라는

어버이의 마음을
아는지 모르는지

신랑과 신부는
보름달보다 밝다

눈 오는 아침

마당에
새 발자국 찍혀 있다

여기저기
발자국이 어지럽다

눈 오는 날은
새들도 좋은가보다

새벽비

내가
잠자는 사이

네가
잠자는 사이

잠깐 다녀간
새벽비

당신과의 사랑
확인하고 간다

홍시 같은
우리 사랑
확인하고 간다

건강이 말함

건강을
장담하지 말고
자랑하지 말라

하룻밤 된서리에
흔적 없이 사라지는
가을날의 국화처럼

어느 한순간
허무하게 무너진다

건강을
유리병 잡듯이
조심히 다루자

꾸준한 운동과
규칙적인 식사 습관
잠을 잘 자는 것

모두 알고 있는
가장 평범한 방법

건강하고 행복하게 살다가
잘 죽을 수 있는
정직한 지름길이다

나에게 너는

밤하늘의
별을 갖고 싶다면
별을 가져올 것이고

달을 갖고 싶다면
달을 가져올 것이다

너는 나에게
따뜻하고
부드럽고
편한 사람

너는 나에게
참말로
좋은 사람

너는 나에게
이미
좋은 사람이다

혼자만의 시간

내 귀는
달콤한 말만 듣고
내 눈은
예쁜 것만 보고
내 입은
세상의 진미를 다 먹어도

즐거움은 잠깐이고 순간

혼자 있는
잠깐의 시간이
건강한 나를 만나고
나와 가장 가까워지는 시간

세상의 이치를 깨닫고
우주의 섭리를 알게 된다

한파주의보 2

겨울비가
너를 부른다

창문을 두드리다
입김 사연 남겨 놓고

겨울을 재촉하는 늦가을에
굳이 초겨울이라 하지 않아도

마지막 나뭇잎을 떨어지게 하고
마음 한구석을 꽁꽁 싸매게 한다

나는 반성한다

- 부모님 전상서

나에게 숨을 불어넣고
살과 피를 만들어
생명을 주신 부모님

나는 그들을 위해
무엇을 했던가

걸음마 시절
수천 번을 넘어져도
다시 일으켜 주셨고

하루에 같은 말을
수백 번 했어도
웃음으로 넘기며

자식이 잘되기만을
빌고 또 빌어 주신 분

반성합니다

발 한번 씻겨 드리고
안마 한번 해 드리기까지

수십 년의 세월이 흘렀습니다

사람이 늙으면 고목처럼
여기저기 몸에 잡티가 생기지만
그 흔적마저 훈장 같은 부모님

햇살 앞에 나의 그림자가
바로 당신이었음을
이제는 알 것 같습니다

사랑합니다
사랑합니다

버려진 화분

지금은 길거리 노숙자 신세
지나가는 어느 누구도
너에게 관심을 보이지 않는구나

너는 어느 집
귀한 꽃을 품었었는지

고고한 난을 품었던가
화려한 모란을 품었던가

지나간 영화를
기억하는 사람이 없구나

하늘 높은 줄 모르는
사람들이 너를 보고
인생살이 참뜻을
깨달았으면 좋겠구나

병실 풍경

기본적으로 링거 줄 한두 개
빨간 주머니 한 개
검은색 비닐 주머니 한 개

모두 똑같은 옷을 입고
주렁주렁 줄을 달고 있다

부부가 함께 있는 사람과
자식이 간호하는 사람
간병인의 도움을 받는 사람

부부나 자식이 간호하는
모습은 보기에도 좋지만
간병인이 보호자인 경우가 더 많다

아픈 사람은 왜 그렇게 많고
병은 왜 또 그렇게 많은지

의사 선생님은 만능 박사에
간호사 선생님은
달리기도 잘해야 하고
심장이 보통 사람의 두 배는
커야 할 것 같다

강화도 부부

강하두 넓은 논을 지나며
벌판보다 더 넓은 가슴의
부부가 살고 있다

바다 위 갈매기 한 마리
친구삼고
지는 저녁노을 의지하며

해풍이 길러 준
알싸한 순무 다발 다발을
도시 지인들에게 보낸다

먹거리에 진심인
부부의 얼굴은
어느새
순무와 닮아있고

갯벌에는
기러기와 갈매기가
다른 듯 닮은 듯
서로 의지하고 있다

제3부

사랑해서 미안해

사랑해서 미안해

떨어지는 낙엽을
두 손에 담고 싶어

멀어지는 너를
하루만이라도
곁에 두고 싶어

새벽 두 시
네가 보고 싶어

가을아
너를 사랑해서
정말 미안해

퇴원 전날

알 덩어리가
온몸을 지배하는
늙은 아버지

이 세상 누구보다
이 세상 무엇보다

가장 귀하고
멋스러운 분

새벽 두 시
조청 유과 옆에 놓고
큰 글자 책을 본다

다시,
어린아이가 된다

아버지는 좋아서 잠이 안 오고
자식은 걱정으로 잠이 안 온다

입원실

병실에서
작은 사회를 본다

나 외에 다른
한 명만 더 있어도

지배하고 싶고
군림하고 싶은

인간의 본능을 본다

병실에서조차
가진 자와
못 가진 자의
위치가 다르다

열여덟 평 미만의 공간에서
팔십억 인구 축소판을 본다

병원 생활

때가 되면 알아서
밥 주고

팔에는 줄줄이
영양제 매달고

따로 또 같이
의사 선생님을 기다린다

오후 두 시와
새벽 두 시의
생활이
약속한 듯 똑같다

침대에만 누워서
하루를 보내도
야단치는 사람이 없다

온종일
TV를 보고
게임을 해도

자꾸만
집이 그립다

너를 사랑하는 일

부모를 모시는 일은
확실성에 대한
신뢰이다

무조건적인 투자에
손익계산은 없다

사업을 하는 것도
불확실성에 대한
도전이다

조건적인 투자에
손익계산을 한다

농사를 지을 때도
불확실성에 대한
도전이다

조건적인 투자에
손익을 하늘에 맡긴다

너를 사랑하는 일은
확실성에 대한
나의 무조건적 믿음이다

안부 !

빠간 열매를
너에게 보낸다

멀리 있는
너에게
내 그리움을 보낸다

불어오는 바람에
너의 소식이 함께 와
고마운 하루였다

안부 2

멀리 있어서
더욱 그리운
사람아

그대도
내가
그리운가

그리움에
꺼억꺼억
울어 본 적 있는가?

장거리 운전

장거리 운전을 하다 보면
나 자신과 싸움을 하게 된다

시원하게 뚫린
고속도로 위에서는

위험한 줄 알면서
속도를 올리고

나보다 조금 앞서가는
운전자를 추월하기도 한다

중간중간 쉼터에서는
쉬어 갈 수도 있고

휴게소에서는
배고픔도 해결할 수 있다

그러나 혼자서 하는
장거리 운전은 외롭다

주변 경치가 아무리 고와도

앞만 보고 운전해야 한다

혼자 달리는
마라톤 코스와 닮아 있다

너나들이 같은 친구 한 명이
인생에서 꼭 필요한 이유이다

짝

세상에는 서로에게
맞는 짝이 있다

신발을 신을 때
오른발 왼발 바꿔 신으면
걸을 때마다 뒤뚱거린다

천하장사라도 몇 발자국 못 가고
결국 바꿔 신어야 한다

너의 품에 안기어
숨소리에 집중한다

너의 들숨과 날숨에
나의 숨이 맞춰질 때

어떤 창으로도 뚫을 수 없는
서로의 완벽한 짝이 된다

마법 같은 하루

너를 생각하면 마음이 따뜻해
난 너의 마음속에 함께 살고 싶어

너의 머릿결을 쓸어 올리고
너의 품속에서 잠이 들고

거리를 걷다가 문득 네 생각이 났어
노오란 은행잎에 보고 싶다는 말을 적어
너에게 보냈지

너를 생각하는 그 시간이
나에게는 마법이야
너를 알게 된 하루하루가
나에게는 마법이야

코로나 격리

기생충도 아니데
숨어 지낸다

누가 볼까
문도 못 연다

한 발자국도
나가면 안 된다

보이는 건
지난밤 서리에 앙상해진
은행나무 한 그루

바쁜 걸음으로
지나가는 사람들

달력을 보며
날짜를 확인한다
손가락까지 꼽으며
날짜를 세어본나

간이침대

병원 간이침대에 누워
잠을 청해 본다

군더더기 없이
필요한 기능만 있다

몸도 뒤척일 수 없을 만큼
정자세를 요구한다

누군가에게는
불편할 수 있지만

또 다른 누군가에게는
꼭 필요한 물건일 수 있다

세상 이치가 다 그렇다

어버이

어릴 적 받았던
무한의 사랑을
갚을 길 없다네

주름진 얼굴에
피어난 미소는
백만 불이라네

어버이께서 내게 준
크나큰 선물을
이제야 알겠네

철들고 나서야만
느끼는 사랑이
금보다 귀하네

여주휴게소에서

고속도로를 달리고
또 달려
잠시 멈춘 곳

여주휴게소
이제 서울이 금방이다

너에게 줄 호두과자를 사고
돌아올 곳이 있어
참으로 좋다는 생각을 한다

여행이 즐거운 것은
돌아올 곳이 있기 때문이고

지나간 날이
그리움이 되는 것은
미래를 믿기 때문이다

네가 있는 곳
그곳이
최고의 안식처라는 것을
결코,
부정하지 않겠다

죽음이 가까이 올 때

죽음은 예행 연습 없이
어느 날
훅, 내 곁에 온다
아니, 당신 곁에 올 수도 있다

사랑하는
사랑했던
모든 것을
두고 간다

숨소리를 확인한다
푸~후
깊은 숨을 내쉰다

들어간 숨이
나오는 소리를 듣는다

아직 때가 아니라고
아직은 기다려달라고

죽음보다 더
깊은 숨을 뱉어낸다

배려하는 마음

시간은 누구에게나
똑같이 주어지지만
누구나 똑같은 시간을
사용하지는 않는다

어떤 사람에게 시간은
그냥 생기는 당연한 것이라
생각할 수도 있고

어떤 사람들은
돌아갈 수 없는 어린 시절처럼
꿈 같이 느껴질 수도 있다

1센티의 방지 턱이
아무렇지 않게
느껴지는 사람도 있지만
넘지 못할 커다란 벽으로
느껴지는 사람이 있는 것처럼

모든 것이 상대적이라는 것을
직접 겪어보기 전까지는
실감하기 쉽지 않다

수혈 !

당신은
깊은 잠에 빠져 있다

혈관을 타고 들어간
검붉은 피가
실핏줄을 타고
온몸을 휘돌고 있다

이제는 일어나야 할 시간
그러나 당신은 눈을 뜨지 않는다

마치
처음으로 잠을 알게 된 것처럼
깊은 잠에 빠진다

노랗던 얼굴에
생기가 돌면

치열한 삶의 현장이
당신을 기다린다

죽는 것도 마음처럼
쉽지 않은 법

스스로 목을 드는 순간을
당신은 축복이라 말한다

수혈 2
- 다시, 살다

입었던 수의를
벗는다

몸속으로
뜨거운 피가 흐르고

두 주먹이
불끈 쥐어지면

희미한 눈동자에
초점이 생기고

두 다리에
힘이 솟는다

아직 조금의 시간이 남았다
내 생일날보다 더 기쁘다

그리움

− 아버지

멀리 있어
더욱
그리운
사람이 있다

그리운 사람이
사는 곳은
내 마음속

가까이 있어도
마음의 거리가
먼 사람이 있고

멀리 있어도
눈앞에 있는 것처럼
가까운 사람이 있다

다시 보고싶은 아버님...

마음속에 살고 있어
나의 전부가 된
당신이 그렇다

시샘달

항아리 깨진다는
시샘달 정월 그믐

오늘이 우수라고
호들갑 떨다 보니

문 앞에
봄이 왔다네
짧아지는 치맛단

제4부
존재의 이유

자화상

거울 속
얼굴을 그린다

참
낯설다

난생처음
자화상을
그려본다

연필로
꾹꾹
잘 그려보려고
팔이 저리도록 애쓴다

그리면 그릴수록
낯설다

내가 나도 모르고 살면서
세상 참견 무진장 해댔다

이치

꽃 피는 봄을
시샘하는 꽃샘추위

가을 단풍을
방해하는 북풍

남의 잘됨을
배 아파하는 이웃

그러나
자전거를 타 본
사람만은 안다

다치지 않으려고
넘어지는 반대 방향으로
몸을 꺾으면 안 된다는 것을

꽃샘추위가
아무리 시샘해도
봄은 오고

가을 단풍이

아무리 고와도
겨울은 오고

남의 잘됨을
함께 기뻐할 때
행복은 두 배로 커진다

꽃이 피는 시기가 서로 다르듯
사람의 도리를 깨닫는 방법도
모두 다르다

노부부

구순의 아내가
남편의
아픈 배를
손바닥으로
쓸어내리고 있다

암 덩어리
아픈 배가
정성으로
사랑으로
의리로
멈춰지길 바란다

칠십여 년
같은
생각하고
함께
행동하며

같은 날
같은 시에
같은 길을
함께 가길 원하고 있다

죽음을 기다리는 사람

여기
죽음을 기다리는
사람이 있다

구순 평생
자식들을 위해
아내를 위해
머슴처럼
마당쇠처럼
일만 해 온 사람

때로는 놀고 싶고
때로는 쉬고 싶고
당신의 꿈도 포기하고
희생을 택한 사람이다

노인의 마지막을
지켜주는 것은
침대 한 칸
노란 수액 한 봉지

나는 그를
황태자라고 부른다

어머니와 감나무

감 떨어지기
기다리는 아이처럼

감나무 밑에서
발 동동

구순의 노모는
애가 탄다

자식들이 어릴 적에는
먹일 것이 없어 걱정

자식들이 다 크고 나니
객지로 모두 떠나 빈 둥지

떨어지는 홍시가
야속하기만 하다

어른이 되면

급하게 서두르지 않고
조금 늦어져도
괜찮다는 걸
알게 되고

기다리는 것이
익숙해지고
마음이 넓어져서
용서가 쉽고

신호등의 빨간 불이
잠시 쉬어 가라는
잠깐의 멈춤이 되고

모든 것을 지혜롭게
어떤 일도 후회 없이
모두 잘할 줄 알았다

그러나
어른이 되고 난 후
한 가지 사실을 알았다

나에게
또 다른 어른이 필요하다는 것을

괘종시계

어릴 적 시기한 물거 줌에
괘종시계가 있다

일 년 열두 달 혼자서도
똑딱똑딱 째깍째깍

나와 눈이 맞은 녀석
골동품 가게에 꼭꼭 숨어 있었다

전자시계에 밀려
뒷골목 신세가 된 괘종시계

그 옛날 괘종시계는
이제 대를 잇는다

내 곁에서 땡~ 땡~ 땡
어릴 적 추억을 되살린다

단풍

앞산이 매일
붉은 피를 토하고
저녁노을이
멈칫거린다

동녘 해가
부끄러울 만큼
산이 붉어진다

절정이다

옆 지기

한 사람이
차지하는 공간은
얼마 되지 않는다

방 한 칸
침대 하나

함께 할 때는
TV도 재미있고
밥도 맛있고
잠도 잘 잔다

한 사람이
떠나간 뒤에
느끼는 공간은

우주만큼 휑하다
겨울 벌판처럼 차다

목화 이불

솜 하나에
목화씨 서른 개
이불 하나 만드는데
목화꽃 2만여 송이

한 땀 한 땀
당신에게 드릴
꽃수를 놓고

하얀색의 화려함을
불러 모아

오늘 밤 당신 곁에서
행복한 꿈에 젖는다

태양은 지기 전이
가장 아름답듯이

인생의 가을에서
늙은 각시는
세월이 야속하다

사랑해요

미운 마음은
얼굴에도 말투에도
곳곳에 나타나지만

사랑하는 마음이
어디 보여지던가요

질투하는 마음은
있던 정도 달아나고
얼굴이 찡그리지만

배려하는 마음이
어디 보여지던가요

아끼지 말고
미루지 말고
후회하지 말고

바로 지금 말해요
사랑한다는 말

서로 인정해주자

일자 드라이버를
써야 하는 가구가 있고

십자드라이버를
써야 하는 가구가 있다

육각 모양을 만나면
생각의 전환이 필요하다

두 귀는 닫아두고
두 눈은 감고 있어

나와 조금만 달라도
이상하게 생각한다

내 틀에 맞추려고
어지간히 애를 쓴다

부질없는 일이라는 것을
누가 가르쳐주면 좋겠다

달팽이

비 오는 날
아기 달팽이
산책 나왔다

인도 위에
달팽이 쉬고 있다

달팽이 위로
지나가는 발자국들

잠깐의 세상 구경이
마지막이 된 날

알밤 떨어지다

마당 가운데
알밤 하나
굴러와 있다

궁금한 바깥세상
첫발을 내딛는다

알밤의 독립으로
가을이 시작되고

알밤 엄마의 걱정은
지금부터 시작이다

마음에

오월의 모란 같은
그리움 하나 피었다

하루를 피었다
지는 꽃이어도

세상에 하나뿐인
꽃으로 피고 싶다

눈을 감아야
보이는 너

방황하던 마음에
너라는 집이 생겼다

존재의 이유

이 세상 많은 사람들
수많은 사람 중에서
꼭 너를 만나 보려고
난 오늘 숨을 쉬었어

우유가 주는 행복

우유를 마실 때는
한 모금
꼭
한 모금씩
입 안으로 삼켜봐

꿀꺽 삼키는 것이 아니라
혀끝으로 살살 굴려서
입 안에 모두 퍼지게 하고

온몸이 느낄 준비가 되면
목구멍으로 천천히
아주 천천히 삼켜봐

우유가 주는 행복으로
기분 좋은 하루가 시작될 거야

너란 존재

너의 숨소리는
막혔던 혈관에
피를 흐르게 하고

너의 웃음은
깊게 파인
주름살을 펴지게 한다

너의 손길은
지친 어깨에 힘을 주며

너의 눈빛은
세상을 사랑으로 보게 한다

너로 인해
오늘 하루 숨을 쉬고
감사함을 알게 된다
너란 존재

기원

바위 밑에 피어난
들꽃을 보며
너를 생각한다

바람에도 흔들리지 말고
장대비에도 꺾이지 않기를

바란다면
고운 햇살보다 더 빛나기를

무명(無明)

내 눈을 가리면
되는 줄 알았지

작은 내 손으로
두 눈을 가리면

하늘도
가려질 줄 알았지

탐(貪), 진(嗔), 치(痴)
어두운 날에는

제5부

이 아침을 그대에게

엄마의 파스

끙끙거리는
어깨 위로
파스 한 장을 붙인다

오늘 밤은 무사하기를
당신의 밤이 편안하기를

내가 줄 수 있는
모든 사랑을
네모난 파스에 담는다

깡통

흩어진 기억 하나
깡통 속으로 들어온다

사랑 사랑
새싹이 나기 시작했다

빈 깡통이
온기로 가득 채워진다

아쉬움

꿈속에서
멋지게 글을 쓰고

눈뜸과 동시에
생각이 안 나는 것

보고 있어도 보고 싶은
너도 그렇다

그래 그래보자

잔디에 맨발로 나가
너의 입맞춤 같은
초록의 싱그러움을 느껴보자

하늘이 다가와
구름을 숨겨 놓고
바람이 술래가 되는
놀이터로 나가보자

하늘만큼 넓은 마음
너를 품에 안으니
바다보다 깊은 네 마음이
내게로 온다

가을이 오면
자연에 입맞춤하고
코스모스 길도 걸어보자

그리고
오래도록 사랑만 하자

가을을 느낄 때

무언가 잃어버린 채
하루를 보낼 때가 있다

오락가락 비가 올 때는
우산을 잃어버리고

여름 뙤약볕 아래에선
모자를 잃어버리기도 한다

열어두었던 창문을 닫고
밀어 놓은 이불을 끌어 올리고

옷장에서 외투를 찾아
주윤발 흉내도 내보고

다시 오지 않을 것 같은
여름을 꼭 붙잡아도 본다

가을 편지

오래된 나무 앞에서
너에게 편지를 쓴다

오백 년을 살고 있다는
느티나무가
너를 생각나게 한다

지나온 내 삶이
부끄럽지는 않지만
너를 만나고
나의 삶은 더 풍부해졌다

가장 좋은 것을
너에게 주고 싶고
행복과 행운이
항상 너를 지켜주기를
조심스럽게 기도해 본다

엄마와 한글

"희야, 뭐하노
글을 줄줄 읽으면 얼매나 조으꼬."
85세 우리 엄마 종분 씨

"지금부터라도 배워요
엄마는 할 수 있어"
58세 큰딸 희야

까막눈 겨우 면하고
띄엄띄엄 읽어 보는 한글에
양이 차지 않는 엄마

"언제 죽을지도 모르는데
지금 배워서 뭐 하노"
슬그머니 침대로 향하지만
글자에서 눈을 떼지 못하는 엄마

그 집

오늘두 습과처럼
대문 앞을 서성인다

깨끼발로
구석구석
너의 흔적을 찾는다

마음속에 살면서
지우려고 할수록
더욱 생각나는 너

매일 서성인다

장미 넝쿨이 걷히고
소나무 정원으로 변한
너의 웃음이 사라진
그 집

가을 태풍

9월에 내리는 비는
옷깃을 여미게 한다

우산 없이 걷다 보면
자꾸만 걸음이 빨라진다

창문으로 들려오는
빗소리가 크게 들리기도 한다

작고 여린 꽃들은
바람에 흔들리는 대로
몸을 낮추고
자연에 순응하고 있다

세상에 저항할 줄만 알았던
치열한 하루의 삶들이
고개 숙여 살아도 괜찮다고
작은 꽃들이 내게 말해 준다

나는 알고 있다

한바탕 태풍이 지나고 나면
당신 품속처럼 포근한
작년 같은 가을이 온다는 것을

접시

보통의 접시는
둥그렇거나
네모나게 이루어져 있다

모든 것을 둥그렇게 담아
세상을 둥글둥글 살거나

동서남북 사방 기울지 않고
반듯하고 평등하도록 만든다

둥그런 접시에
마음을 담아
구김 없이 살고

네모난 접시에
마음을 담아
반듯하게 살면

둥그런 마음과
네모난 마음이
세모가 되어도
서로 안아 줄 수 있지 않을까?

눈썹달

서쪽 하늘에
새초롬 떠 있는
눈썹달

뾰족하게
입 내밀고
동쪽을 바라본다

그대 곁에 머물고 싶지만
떠나야 하는 내 마음과 같다

세 살 아이를 닮자

사람들은 누구나
생각이 다르고
보는 관점이 다르다

서로 다르다고 해서
상대방이 틀린 것은 아니다

살다 보면
본의 아니게
잘못하기도 헌다

그러나
잘못을 인정하기는 쉽지 않다

물에 빠져도
동동 뜰 것 같은
알량한
자존심 때문이다

잘못하고
야단을 들어도
금방 웃는 얼굴을 하는

어린아이를 보라

마음에 쌓아두는 것이 없으니
해맑은 얼굴이 될 수 있다
어른이 되고 나서도
세 살 아이에게 배우고 싶다

인생 무죄

처음부터 온 곳이 없으니
가야 할 곳도 없다고
내게 말하는 너는
바람으로 태어났다

길가에 누운
풀 한 포기도
고마운 날

안개 숲길 헤치고
돌아서는 그 길 저만치에
언제나 너는 나를 향하고 있다

따스한 봄기운에
꽃잎 열리듯

세월이라는
거대한 병풍도
너의 환한 웃음 앞에서
숨을 죽인다

가을 아침

밖에는 비가 내리고
귓가에 음악이 들리는
가을 아침
커피 향기에 눈을 뜬다

비도 오고
음악도 있고
커피도 있는데

꿈속에서 약속한
너만 없다

처서

늦잠 자던 대추도
빨갛게 익어가고

눈길을 피하던
넓적 감도 익어간다

가을이 오면
모든 것이 익어 간다
모든 것이 물들어 간다
외로움은 감추어야 한다

애꿎은 전화만 만지작거리고
기다리는 마음은 낙조가 된다

이 아침을 그대에게

바람을 가르며 비춰주는
고운 햇살에 살며시 눈뜨는 아침

그대 생각으로
입가에는 미소가 번지고
가슴에는 따뜻한 생각이 번집니다

그대가 내 곁에 있어
더욱 고운 아침
이 아침이 행복합니다

창으로 들어오는 햇살이
너무나 눈이 부신 오늘은
그대 생각만 하고 싶습니다

가만히 불러봅니다
아침!

새로운 시작
밤을 달려온 넉넉한 마음
활기찬 희망이 샘솟는 기분

참으로 고운 말
이 아침을 그대에게 드립니다

한 생각 들었다 나가다

고기를 구울 때
다양한 모습의 사람들이 있다

우물에서 숭늉 찾듯이
수시로 고기를 뒤집는 사람

익어가는 고기를 보고도
남의 고기 보듯 태평인 사람

옆에 있는 누군가
알아서 해 주기를 기다리는 사람

시간이 흘러 알게 됐다

고기를 굽는 것이나
인생을 사는 것이나

내가 하기 나름이고
선택은 모두
내 책임이라는 것을

해바라기

너무 그리워하면
한 곳만 보게 된다지요

너무 보고파지면
눈마저 먼다고 하지요

당신만을 기다리며
환하게 웃는 법을 배우고

당신의 사랑으로
하늘을 나는 기쁨을 누리지요

불나방

운전하다 보면
앞에서 오는 차들의 불빛에
눈을 찡그릴 때가 있다

앞만 보고 달리고 싶지만
자동차의 불빛이 너무 밝아
모른 척 외면할 수가 없다

사람들도 마찬가지다

권력에 아부하고 기댄다면
뜻을 이루고 성공할 수 있다고
믿는 사람들이 있다

권력과 욕심은
사람들을 혼란에 빠지게도 한다

중요하고 소중한 것은
사소한 것에서 시작되고
우연이 필연이 되려면
인연을 소중하게 생각해야 한다

마주 오는 자동차의 불빛이
아무리 눈부시고 밝아도
앞길을 비추는 것은
결국 내 차의 불빛뿐이듯이

주변의 어떤 유혹에도
내 마음의 중심이
흔들리지 않는다면
불나방처럼 후회하며
인생을 헛되게 보내는 일은
줄어들 것이다

추석맞이

시골의 추석은
방앗간에서부터 시작된다

뜨거운 햇살 아래
붉은 고추를 따고

콩알보다 작은 참깨를
한 톨 한 톨 모아서

도시로 간 자녀들이
오기만 기다린다

고춧가루를 만들고
참기름을 준비한다

한가하던 시골 방앗간에
웃음소리가 하늘로 솟는다

마음을 일깨우는 순수의 눈으로 보다
- 홍송 김명희 시집 『갈음옷을 입고』

최봉희(시조시인, 평론가, 글벗 편집주간)

시는 어떻게 탄생했을까? 시는 작가의 마음을 좀 더 멋지고 아름답게, 그리고 더 세련되게 표현하기 위해 시작되었을 것이다. 사랑, 미움, 그리움, 슬픔처럼 누군가에 내 감정을 더 그럴듯하게 표현하고 싶었을 것이다. 아름다운 표현으로 내 감정을 더 효과적으로 멋지게 전달하기 위함이다. 이는 이야기든 시든 뭔가를 만들어 표현하고 싶은 인간의 본능이 바탕이 된 것이다. 우리가 가지고 있는, 어떤 예술적인 본능이다.

그렇다면 이 시대를 살아가는 우리에게 세상이 요구하는 시인의 역할은 무엇일까? 바로 상상력과 창의성이다. 우리는 시를 씀으로써 공감 능력이나 예술적 감각도 익힐 수 있다. 뻔하고 상투적인 표현을 쓴다면 듣는 이의 공감을 얻어내기 힘들다. 아이의 순수한 마음으로 바라보는 생각이거나 기존의 생각을 뒤틀고 비틀어서 다른 생각을 하면 어떨까?

좋은 시는 어떤 시일까? 자신의 경험을 담은 글이어야 한다. 시에 감정을 담는 것은 시를 쓸 때 가장 기본적인 일이다. 그래서 더욱 어려운 일이다. 감정을 완

전히 노출해서도 안 되고, 그렇다고 너무 숨겨도 안 된다. "슬프다. 기쁘다. 행복하다. 그립다."등의 감정 단어가 너무 많이 사용하면 그걸 인지하는 순간, 그냥 호소하는 듯한 느낌이 들거나 감정의 과잉 상태로 인식하게 된다.

시는 음악성이 생명이다. 시의 운율을 파악하려면 시를 다 쓰고 난 다음에 시를 소리 내어 읽어봐야 한다. 낭송하다가 자연스럽게 흘러가지 않고 어딘가 걸리는 느낌이 든다면 그 부분에 운율의 문제가 있는 것이다.

이런 시적 고민과 깨달음 속에서 새롭게 만난 시인이 있다. 바로 파주에서 가온 재가복지 센터장으로 일하는 홍송(紅松) 김명희 시인이다. 그의 시는 맑고 깨끗하다. 그의 삶도 그렇다. 사회복지에 관심을 갖고 있는 것은 물론 사물과 소통하는 능력과 마음을 읽는 시적 아름다움이 돋보인다.

> 사부작사부작
> 하루 한 발씩
> 솔밭길 걸어오는 봄
>
> 갈음옷 입고
> 하루 한 뼘씩
> 사립문 열게 하는 봄
> – 시 「봄 마중」 전문

시는 수필과 다르게 연과 행으로 압축된 형식을 통해 의미를 전달하는 문학의 갈래다. 김명희 시인의 시적

촉수는 동심으로 혹은 순수한 자연인으로 삶 전체를 조망하고 있다. 자신의 삶에서 잔상처럼 드리워진 기억을 일깨운다. 때로는 희망을 읽어가는 여정이자 희망을 찾기 위한 고투의 흔적들이 묻어난다. 그렇다고 방문 요양을 담당하는 사회복지사 출신이어서 시적 한계성이 시편 곳곳에 투영돼 있을 것이라는 상상은 자유지만 그것은 편견 그 자체다. 인생의 첫 시집을 출간하는 그가 독자들에게 내놓은 시편들은 융숭하고 사려 깊다. 독자에게 시 읽기를 유도한다. 굳어있지 않고 때로는 부드러운 속살처럼 잡히면 어떠한 것은 시리고 아프고, 어떠한 것은 간지럽기까지 하다.

딱
딱
아이고 허리야

눈 감고도 알 수 있는
엄마 지팡이 소리

세 다리로
살아가는 날들

서울에 사는
딸이 오는 날

다리보다
마음이 먼저 간다
– 시 「엄마는 다리가 셋」 전문

이 시는 어린아이의 생생한 감성을 조망하면서 지난 시대를 그들과 함께 조응하려는 시적 의지가 읽힌다. 다리가 셋이라는 표현에서 시적 리듬감이 느껴진다. 아이들 속으로 들어온 어머니의 사랑이 가감 없이 드러난다.

　　암 덩어리가
　　온몸을 지배하는
　　늙은 아버지

　　이 세상 누구보다
　　이 세상 무엇보다

　　가장 귀하고
　　멋스러운 분

　　새벽 두 시
　　조청 유과 옆에 놓고
　　큰 글자 책을 본다

　　다시,
　　어린아이가 된다

　　아버지는 좋아서 잠이 안 오고
　　자식은 걱정으로 잠이 안 온다
　　- 시 「퇴원 전야」 전문

　그러면서 한편으로는 사랑이라는 본질적 근원에 대한

끊임없는 관찰과 사유를 추구한다. 시인은 '입원 전야'나 '어머니와 감나무', '엄마는 다리가 셋'의 시편에서 어린아이처럼 살아가기를 소망하는 순수와 가족 사랑에 대한 탐구가 이뤄진다.

 삶을 살아가는 의미와 존재의 탐구에서 이뤄진 자아에의 시적 물음이 우리에게 절절하게 다가온다. 어린아이의 마음에서 새로운 삶의 길을 뚫어내고 있는 듯하다. 중년의 시간이 다시 존재에 대한 촉각을 세우는 이유다.

> 감 떨어지기
> 기다리는 아이처럼
>
> 감나무 밑에서
> 발 동동
>
> 구순의 노모는
> 애가 탄다
>
> 자식들이 어릴 적에는
> 먹일 것이 없어 걱정
>
> 자식들이 다 크고 나니
> 객지로 모두 떠나 빈 둥지
>
> 떨어시는 홍시가
> 야속하기만 하다
> ─시 「어머니와 감나무」 전문

시의 3요소인 주제, 운율, 심상 등이 잘 드러나고 있다. 또한 다양한 비유와 상징, 시적 진술에 의한 이미지를 통해 동심에 다가서고 있다. 이 밖에 시적인 짱짱한 이야기 구조를 보이는 시편들로 읽힌다. 이 시편들은 가장 오랫동안 눈길을 머무르게 한 작품들이다. 시제에서부터 시적 긴장감이 형성되는 듯하다.

사람들은 누구나
생각이 다르고
보는 관점이 다르다

서로 다르다고 해서
상대방이 틀린 것은 아니다

살다 보면
본의 아니게
잘못하기도 헌다

그러나
잘못을 인정하기는 쉽지 않다

물에 빠져도
동동 뜰 것 같은
알량한
자존심 때문이다

잘못하고
야단을 들어도

금방 웃는 얼굴을 하는
어린아이를 보라

마음에 쌓아두는 것이 없으니
해맑은 얼굴이 될 수 있다
어른이 되고 나서도
세 살 아이에게 배우고 싶다
　- 시 「세 살 아이를 닮자」 전문

"어린이는 어른의 아버지"라는 말이 떠오른다. 어린이
에게 순수를 배우자고 말한다.
　문학은 자기중심적 사유에서 벗어나게 하는 촉매제
다. 그래서 시인은 연기적 사유를 동심에 심어주고 싶
었는지 모른다. 자기는 욕심부려서 많은 것을 담으려
하지 않는다. 누더기 같은 옷의 수식어를 입히지 않는
간결하고 참신한 시다.

빈 들녘에 남아 있는
벼 그루터기를 보았습니다

수확의 기쁨보다
한숨 소리가 더 커진

텅 빈 겨울 들녘에
노을이 지면

거두어들인 기쁨보다
무언가 잃어버린 허전함이
맘을 차고 들어옵니다

이건 아닌데
이래선 안 되는데

허수아비의 한숨이
빈 하늘에
울림 없는 메아리로 돌아옵니다

아이는 빈 들판이
마냥 신나서 뛰어노는데

자꾸만
자꾸만 눈물이 납니다
- 시 「겨울 들판」 전문

 어른의 생각이 아닌 자기 추측이나 회상만이 아닌 아이의 감성과 상상력을 통해 어머니와 아버지에 대한 세심한 관찰, 가족에 대한 동경과 사랑이 담긴 가슴에 남은 이야기다.

조심조심
그린나래 걸음

콩닥콩닥
딸깍발이 심장

오늘은
결혼식 날

행복한 가정에도

시련과 고통은 찾아오지만

대나무가 큰 시련을 이겨내고
큰 나무가 되듯이

오늘의 초심을
잊지 말고

남편은 가정을 지키는
책임감으로

아내는 남편을 이끌어주는
지혜를 갖기를 바라는

어버이의 마음을
아는지 모르는지

신랑과 신부는
보름달보다 밝다
　－ 시 「우리 결혼 합시다」전문

　작가의 첫째 의무는 재미있게 쓰는 데 있다. 독자의
재미를 생각해야 한다. 이 원칙은 너무나도 자명하다.
글의 첫 부분이 눈에 확 띄는 문장이 들어와야 한다.

밖에는 비가 내리고
귓가에 음악이 들리는
가을 아침
커피 향기에 눈을 뜬다

비도 오고
음악도 있고
커피도 있는데

꿈속에서 약속한
너만 없다
― 시 「가을 아침」 전문

　시인의 둘째 임무는 가르치는 데 있다. 교훈을 주는
설교다. 그 설교는 따분하지 않아야 한다. 그래서 시인
은 교사다. 인생의 중요한 교훈을 독자에게 전달한다.
좋은 교사는 학생들 앞에서 개그맨이나 코미디언이 되
어야 한다. 필요하다면 필기는 물론이고 소품을 이용
하고 이리저리 돌아다니면서 손뼉을 치고 질문을 던지
고, 성대모사도 해야 한다. 학생들의 주목을 끌고 관심
을 집중시키려면 무슨 일이든지 해야 한다. 지루한 강
의보다는 이벤트를 하는 것이 바람직하다.
　시의 끝부분은 가급적 긍정적인 분위기를 유지하는
편이 좋다.

　　내 귀는
　　달콤한 말만 듣고
　　내 눈은
　　예쁜 것만 보고
　　내 입은
　　세상의 진미를 다 먹어도

즐거움은 잠깐이고 순간

혼자 있는
잠깐의 시간이
긴장한 나를 만나고
나와 가장 가까워지는 시간

세상의 이치를 깨닫고
우주의 섭리를 알게 된다
  - 시 「혼자만의 시간」 전문

 좋은 시는 어떤 시일까? 나는 짧고도 쉬운 문장으로
이루어진 시라고 감히 말하고 싶다.
 톨스토이는 좋은 문장을 가리켜 "유치원 아이가 이해
할 수 있는 문장"이라고 말했다. 내가 아는 단어, 글을
읽는 사람이 아는 단어만을 사용하면 좋은 글이다. 의
미를 제대로 전달하기 때문이다. 그래서 필자는 시인
에게 시조 쓰기를 강조한다.

항아리 깨진다는
시샘달 정월 그믐

오늘이 우수라고
호들갑 떨다보니

문 앞에
봄이 왔다네
짧아지는 치맛단
  - 시조 「시샘달」

시를 읽을 때 쏙쏙 들어오는 시 구절이 있는가 하면 그렇지 못한 시가 있다. 쉬운 내용을 어렵게 써서 머리를 복잡하게 만드는 난해한 시도 있다. 반면에 어려운 내용인데도 쉽게 느껴지는 글이 있다. 같은 내용이라도 문장의 초점이 살아있느냐에 따라 전혀 다른 결과를 가져온다. 그래서 같은 내용이라도 어떤 사람이 썼느냐에 따라 읽고 싶은 시가 있고, 읽기 싫은 글도 있다. 왜 이런 일이 일어나는 것일까? 문장의 정확성 때문이다. 그런데 정확한 문장일수록 짧은 것이 특징이다. 다시 말해 시는 짧은 문장으로 써야 한다. 긴 문장은 초점을 흐리기 때문이다.

"묵념, 5분 27초"

황지우 시인의 짧은 시다. 본문에는 아무것도 적혀 있지 않다. 5분 27초 묵념은 43년 전 오늘, 광주의 오월 항쟁이 진압된 5월 27일을 기리는 의미다. 1980년 5월 27일 도청을 사수하다 죽은 30여명의 시민군을 기리는 시다.

시 쓰기는 마치 등산(登山)과 같다는 생각을 한다.

육체는 슬프다. 아! 나는 모든 책을 잃어 버렸다.
도망치자! 저 멀리로 도망치자! 나는 느낀다. 새들이
미지의 물거품과 하늘 사이에 취해 있음을!
아무것도, 눈에 비친 옛 정원도
오, 밤이여! 백색이 방어해 주는 텅 빈 종이 위의
내 램프의 쓸쓸한 빛도
애기에게 젖먹이는 젊은 여인도

바다에 젖은 마음 억누르지는 못하리라.
나는 떠나리라! 돛대를 흔드는 기선이여!
이국적인 풍경을 향해 닻을 올려라!
  – 말라르메의 시 「바다의 소슬바람」 중에서

 시인 말라르메처럼 '육체는 슬프다'라고 숙명처럼 노
래한 시인이 있다. 그러나 시가 있기에 오히려 육체는
기쁜 것이 아니겠는가. 시를 만나러 가는 길은 항상
가슴이 설레고, 조금쯤은 흥분된다. 언제나 긴장하기
마련이다.
 김명희의 시인은 「아버지의 인생 시계」를 통해서
삶을 깨닫고 인생을 배우면서 인간은 자연으로 돌아감
을 말한다. 그의 시적 특징은 내용이 간결하고 이미지
도 선명하다.

    아버지의 시간이
    얼마 남지 않았다

    발걸음은 양말 열 개를 신고
    바닥에 서 있는 것 같고

    목은 뭔가 꽉 차 있어서
    물 한 모금 넘기기가 힘들고

    입 안은
    넓은 삼 먹었을 때처럼
    막이 꽉 차 있고

모든 음식이
소태 씹는 것처럼 쓰다는
아버지

하얀 쌀을
곰탕처럼 고와

한 모금 한 모금
힘겹게 마신다

엄마 젖 빨듯이
미음을 마신다

자연으로 돌아갈
준비를 한다
            - 시 「아버지의 인생 시계」 전문

 시는 언제나 거기 그대로 있다. 자연은 다양한 모습
과 표정으로 나를 맞아들인다. 시를 만날 때마다 새롭
게 풋풋하게, 나의 육체 속에 충만한 생명을 감지하는
것도, 시의 이 같은 변화무쌍한 자연 속성 때문일 것
이다. 그래서 나는 시를 언제나 '산행山行'과 같은 것
이라고 말하고 싶다. 육체가 마음 놓고 자유로워질 뿐
만 아니라, 고통이나 고달픔까지도 모두 기쁨이 된다.
시인은 이미 그것을 이미 터득한 듯하다.
 삶에 낙관주의를 심어주는 것, 육체는 기쁨에 떨게
하고, 정신은 한없이 풍부하게 채워주는 것, 바로 이것
이 시가 아닐까.

잔디에 맨발로 나가
너의 입맞춤 같은
초록의 싱그러움을 느껴보자

하늘이 다가와
구름을 숨겨 놓고
바람이 술래가 되는
놀이터로 나가보자

하늘만큼 넓은 마음
너를 품에 안으니
바다보다 깊은 네 마음이
내게로 온다

가을이 오면
자연에 입맞춤하고
코스모스 길도 걸어보자

그리고
오래도록 사랑만 하자
　　　－ 시 「그래, 그래 보자」 전문

　그렇다면 시를 간결한 문장으로 쓰는 비결은 무엇일까?
　첫째, 한 문장 속에 여러 가지 생각을 담지 않는다. 한 문장 속에 한 가지 생각만 담다 보면 자연히 길이가 짧은 문장이 된다.
　둘째, 한 문장 속에 주어와 서술어를 하나씩만 넣는

다. 주어와 서술어가 하나라는 것은 단순한 이야기만 담는다는 의미다.

셋째, 쉬운 단어를 사용한다. 어려운 단어를 사용하면 그 단어를 설명하는 설명구가 들어가므로 간결한 문장이 될 수 없다.

리얼리즘 창작론에 '말하지 않고 보여주라.'는 이론이 있다. 설명하기보다는 보여주기가 더 사실적이란 의미다. 시에서 분노, 실망, 희망, 좌절이라고 말하지 말고 무엇이 당신을 그렇게 만들었는지를 보여달라는 것이다. "기쁨"이라는 단어를 사용하지 않고도 "기뻐하는 모습을 보여주는 것"이 더 좋다. 사진을 보여주듯이 하나하나 선명한 이미지를 보여줄 때 읽은 이는 마음이 움직인다.

좋은 시를 쓰는 사람은 자신의 시각, 청각, 촉각, 후각, 미각이 보고 느낀 것을 정확하게 표현할 수 있는 단어를 선택한다. 독자도 생생하게 표현된 문장을 읽을 때 그런 장면, 그런 맛, 그런 냄새를 상상하며 읽는 것이다.

지금까지 홍송 김명희 시인의 시를 살펴보았다.

김명희 시인의 일상은 시가 된다. 그의 시는 간결하고 맑고 쉽다. 순수한 삶의 이야기를 시로 풀어내고 있다. 한마디로 '동심의 순수를 담은 시'라고 말하고 싶다. 그래서 그의 시는 쉽다. 현란한 수식어가 없다. 형용사도 자주 등장하지 않는다. 그래서 시가 쉽고 읽기에 편안하다. 때로는 비유와 상징을 동반한 함축된 시구 하나에서 깊은 울림이 나오듯이 그의 모든 시의

대부분은 맑고 투명하다.

김명희 시집 『갈음옷을 입고』 느낀 소감을 말하자면 '노력이 재능이다'라는 말을 하고 싶다.

많은 사람들은 재능은 특별한 것으로 여긴다. 일곱 살 초등학생이 어려운 수학 문제를 풀거나 열 살짜리 학생이 대학생이 되었다는 신문보도처럼 특별하다고 생각한다. 그러나 나는 여러 사람들의 창작을 지도하면서 느낀 감회는 재능은 극히 평범하다는 사실이다. 내가 좋아하고 하고 싶은 것을 열심히 하는 것이 곧 재능이란 생각이다. 다른 것에 비해 더 잘하고 싶고 더 하고 싶다면 그것이 바로 그가 지닌 재능이다. 그런 의미에서 홍송 김명희 시인은 시 쓰는 노력에 집중할 줄 아는 재능있는 시인이다. 땅 속에 있는 금도 캐내지 않으면 없는 것이나 마찬가지다.

시인에게 노력이란 시라는 이름의 재능을 자꾸만 캐내는 것이 아닐까?

홍송 김명희 시인의 열정과 노력에 찬사를 보낸다. 머지않아 우리에게 더욱더 감동을 주는 새로운 시가 탄생하리라 의심치 않는다. 그의 건강과 건승을 기원한다.

■ 글벗시선198 김명희 첫 시집

갈음옷을 입고

인 쇄 일 2023년 6월 30일
발 행 일 2023년 6월 30일
지 은 이 김 명 희
펴 낸 이 한 주 희
펴 낸 곳 도서출판 글벗
출판등록 2007. 10. 29(제406-2007-100호)
주   소 경기도 파주시 와석순환로 16,(야당동)
         롯데캐슬파크타운 905동 1104호
홈페이지 http://guelbut.co.kr
E-mail juhee6305@hanmail.net
전화번호 031-957-1461
팩   스 031-957-7319
가   격 15,000원
I S B N 978-89-6533-257-2 04810

* 잘못된 책은 바꿔 드립니다.